AF357075

LES SURPRISES

DE L'AMOUR,

BALLET, COMPOSÉ DE TROIS ACTES SÉPARÉS.

L'ENLÉVEMENT D'ADONIS.
LA LYRE ENCHANTÉE.
ANACREON.

REPRESENTÉ POUR LA PREMIERE FOIS
PAR L'ACADÉMIE ROYALE
DE MUSIQUE,
Le Mardi trente-un Mai 1757.

PRIX XXX SOLS.

AUX DÉPENS DE L'ACADÉMIE,

A PARIS, Chez la V. Delormel & Fils, Imprimeur de ladite
Académie, rue du Foin, à l'Image Ste. Geneviéve.

On trouvera des Livres de Paroles à la Salle de l'Opéra.

M. DCC. LVII.

AVEC APPROBATION ET PRIVILEGE DU ROI.

Les Paroles de *M. B E R N A R D.*
La Musique de *M. R A M E A U.*

ACTEURS CHANTANS
DANS LES CHŒURS.

CÔTÉ DU ROI.		CÔTÉ DE LA REINE.	
Mesdemoiselles.	*Messieurs.*	*Mesdemoiselles.*	*Messieurs.*
Larcher.	Lefebvre.	Rolet.	S. Martin.
Le Tourneur.	Le Page.	Daliere.	Gratin.
Chefdeville.	Lévêque.	Masson.	Le Mesle.
	Antheaume.		Albert.
Caseau.	Paris.	Adelaïde.	
La Croix.	Sel.	Lachanterie.	L'Ecuyer.
Sallaville.	Roze.	Dauger.	Chappotin.
	Robin.		Ferret.
Gaultier.	Antheaume.	Petitpas.	Favier.
Edmée.	Parent.	Héry.	Du Perrier.
Dubois c.	Muguet.	Emilie.	Laurent.

*L*ES deux premiers Actes de ce Ballet ont été représentés à Versailles devant le Roi, sur le Theâtre des Petits Appartemens en 1748. L'on y a fait des changemens considérables. L'Acte D'ANACRÉON que l'on donne ici, n'a point encore paru.

L'ENLEVEMENT D'ADONIS.

❖❖❖❖❖❖❖❖❖❖❖❖❖❖❖❖❖❖❖❖❖❖❖❖❖

PREMIERE ENTRÉE.

❖❖❖❖❖❖❖❖❖❖❖❖❖❖❖❖❖❖❖❖❖❖❖❖❖

ACTEURS.

VENUS,	Mlle Davaux.
L'AMOUR,	M^{ll} Lemiére.
DIANE,	Mlle Jacquet.
ADONIS,	Mlle Dubois.
MERCURE,	Mr Godart.
UNE NIMPHE,	M^{ll} L'Heritier.
LES GRACES.	

NIMPHES & CHASSEURS DE LA SUITE
DE DIANE.

AMOURS, JEUX & PLAISIRS DE LA SUITE
DE VENUS.

La Scéne est dans les Bois de Diane.

A ij

PERSONNAGES DANSANS.
LES GRACES.

Mlles. MARQUISE, COUPÉE, CHÉVRIER.

NIMPHES & CHASSEURS.

Mlle. LANY.

M^rs. LAVAL, LYONOIS.

M^rs. Rivet, Trupty, Dupré.

Mlles. Fleury, Morel, Thételingre.

JEUX & PLAISIRS.

M^r. DUBOIS, Mlle. RIQUET.

M^rs. Hamoche, Beat, Balety, Galodier.

Mlles. Pagés, Chomart, Mopin, Deschamps.

M^r. VESTRIS *représentant Endimion.*

Mlle VESTRIS *représentant Diane.*

Mlle. GUIMARD *représentant un Amour.*

L'ENLEVEMENT
D'ADONIS.

Le Théâtre repréſente une vaſte Forêt.

SCENE PREMIERE.

L' A M O U R.

POUR ſurprendre Adonis j'abandonne les cieux,
C'eſt l'Amour qui le ſuit, c'eſt Venus qui l'adore ;
Diane trop long-tems le dérobe à nos yeux.
C'eſt ici chaque jour qu'il devance l'aurore,
Et je viens, plus touché de l'emploi glorieux

A iij

D'inſtruire un jeune cœur des ſecrets qu'il ignore ;
Que de regner ſur tous les Dieux.

(Adonis paroît.)

C'eſt lui.... que j'aime à voir l'ennui qui le devore !

(L'Amour ſe retire un moment pour obſerver Adonis &
pour quitter ſes armes.)

SCENE II.

ADONIS.

O Diane ! O ſombre Forêts !
Pourquoi n'avés-vous plus de charmes ?

Dans vos jeux innocens je trouvois mille attraits.
Fiers habitans des bois ne craignés plus mes armes ;
Le trouble de mon cœur va vous donner la paix.

O Diane ! O ſombres Forêts !
Pourquoi n'avés-vous plus de charmes ?

(L'Amour reparoît ſans armes.)

SCENE III.
L'AMOUR, ADONIS.

L' A M O U R.

VOus qui connoissés ce séjour,
De mes pas égarés daignés être le guide.
En quels lieux sommes-nous?

A D O N I S.

Diane ici préside,
Et ces bois menent à sa cour.

L' A M O U R.

Dans ces lieux écartés n'a-t-on point vu l'Amour?

A D O N I S.

L'Amour ! Qui ? Ce monstre terrible,
Ce fatal ennemi du repos des humains !
Ah ! Qu'il éprouveroit un châtiment horrible
S'il tomboit dans nos mains.

L' A M O U R.

Le Dieu qui fait aimer, le Dieu qui rend aimable
Est-il un monstre redoutable?

Hélas! Peut-on le craindre? Il eſt fait comme vous.
Dans un âge ſi tendre, avec des traits ſi doux,
Le Dieu qui fait aimer, le Dieu qui rend aimable
Eſt-il un monſtre redoutable?

ADONIS.

Il eſt armé de feux vengeurs....

L'AMOUR.

Ses feux ſont de douces ardeurs
Qui brillent dans les yeux, qui coulent dans les
veines.

ADONIS.

Il mêle à ſes plaiſirs des rigueurs inhumaines.

L'AMOUR.

Jugés du prix de ſes faveurs,
Puiſqu'il fait adorer ſes peines.

ADONIS.

Il ne ſe nourrit que de pleurs.

L'AMOUR.

Il eſt le Dieu des ris.

ADONIS.

Ses liens ſont des chaînes.

L'AMOUR.

L' AMOUR.

Ses chaînes font des fleurs.

A D O N I S.

Mais c'eft un enchanteur... Ah! Je l'éprouve même
Au charme dangereux que vous tenés de lui.

L' A M O U R.

S'il enchantoit vos fens, s'il charmoit votre ennui ?

A D O N I S.

Non. Ma frayeur feroit extrême !

L' A M O U R.

Je vous entendois foupirer,
Quand vous rêviés fous cet ombrage ;
C'eft le reveil d'un cœur qui cherche à s'éclairer.
Le vôtre enfin commence à murmurer
D'un trop long efclavage.

A D O N I S.

Si l'on connoît fon cœur par fes défirs,
Je l'avourai, le mien fe fait déja connoître.

L' A M O U R.

Allons chercher l'Amour, il vous dira peut-être
D'où naiffent vos premiers foupirs....

B

Que sa mere, Adonis, vous feroit mieux entendre
Un mystere si tendre !...
Que vous lui trouveriés d'attraits!

ADONIS.

Son nom n'est point encor connu dans ces forêts.

L'AMOUR.

Diane à mille appas, & la cour qui l'adore
Offre les objets les plus doux.
Venus d'un seul regard les effaceroit tous.
Sur le char du matin vous avés vu l'Aurore,
Et Venus est plus belle encore.

ADONIS.

Plus belle! O ciel, que dites-vous ?...
De mes transports je ne suis plus le maître,
Allons chercher l'Amour.....

L'AMOUR.

Adonis, tu le vois,
Et Venus va paroître.

ADONIS.

Au trouble de mon ame, au charme de fa voix
Pouvois-je, o ciel, le méconnoître !

(*L'arrivée de Venus eſt annoncée par une ſymphonie agréable,
& par la danſe des Graces, qui la précédent. Elles
environnent Adonis, qui ne ſçait d'abord laquelle adorer.
Venus paroît & fixe ſes regards.*)

SCENE IV.

VENUS, ADONIS,

(*L'Amour & les Graces reſtent au fond du Théâtre.*)

VENUS, à ADONIS.

Vous parliés à l'Amour, quoi ? Vous ne craignés plus
D'écoûter ſon tendre langage ?

ADONIS.

Mon cœur riſquera davantage
S'il écoute Venus.

VENUS.

Vous plairés-vous toujours dans ce lieu ſolitaire ?

ADONIS.

Avant ce jour, hélas ! J'y bornois tous mes vœux.

VENUS.

La Déeffe des bois fans doute a fçu vous plaire?
Vous l'aimés?

ADONIS.

Je dois tout à fes foins généreux,
J'écoûte fes leçons, je lui marque mon zele ..
Mais fais-je encor ce que je veux?...
Demandés à l'Amour s'il m'a parlé pour elle.

VENUS.

S'il étoit un autre féjour
Où la voix du plaifir fe feroit feule entendre,
Où pour vous mille jeux renaîtroient chaque jour,
Où toujours adoré, vous feriés toujours tendre.....
Quitteriés-vous ces lieux pour un féjour fi doux?
Parlés.

ADONIS.

Déeffe, y feriés-vous?

VENUS.

Oui, charmant Adonis, j'y ferois pour vous plaire,
Pour jouir d'un bonheur qui fixe tous mes vœux,
Pour y brûler de tous les feux
Qu'Amour peut allumer dans le fein de fa mere.

Fuyés une loi trop févere ,
Je garde un fort plus doux au plus beau des mortels ;
Venés partager à Cythere
Et ma tendreſſe & mes autels.

A D O N I S jettant ſon javelot.

Ah ! Je vous ſuis par-tout. C'eſt l'Amour qui l'or-
donne ;
Eh ! Qui pourroit lui reſiſter !...
Mais Diane que j'abandonne....
Mais vous que je ne puis quitter...
Pardonnés ce dèſordre à mon premier hommage.
Adonis eſt à vous. Adonis eſt charmé.

V E N U S.

Son cœur m'aimera d'avantage
Puiſqu'il n'a point encor aimé.

E N S E M B L E.

Dieux ! Quel bonheur ſera le nôtre !
Hâtons l'inſtant de nos plaiſirs.
Pourquoi languir dans les déſirs ?
Quand deux cœurs ſont faits l'un pour l'autre.

*(Le Duo eſt interrompu par un bruit de Chaſſe. L'Amour
qui eſt ſorti du théâtre , pour obſerver ce qui ſe paſſe , rentre
tout effrayé.)*

SCENE V.
VENUS, L'AMOUR, ADONIS.

L'AMOUR.

Diane assemble ici sa Cour.
Fuyons, sortons de ce séjour,
Et cherchons dans les airs une route nouvelle.

ADONIS.

La fuir! Ah ciel, que dira-t'elle?

L'AMOUR.

Que tout céde à l'Amour.

(*L'Amour, Venus & Adonis sortent ensemble. Des Chasseurs
& des Nymphes entrent sur le Théâtre en dansant, & forme un
Divertissement, qui est ensuite troublé par l'arrivée de Diane,
& par ses plaintes.*)

SCENE VI.

DIANE.

NYMPHES & CHASSEURS.

UNE NYMPHE, avec le CHŒUR.

LE jour vient d'éclore
Diane est aux bois,
Son cor & sa voix
Nous pressent encore.
Courons si bien tous
Que l'Amour jaloux
Ne nous puisse atteindre.
Tranquille séjour
Tu n'as point à craindre
Les traits de l'Amour.

(Les Jeux des Chasseurs continuent, & leur voix se mêle aux chants de la Nymphe.)

LA NYMPHE, alternativement avec le CHŒUR.

L'oiseau le plus tendre,
Discret dans ses chants,
Craint de faire entendre
Des sons trop touchants.

L'Amour nous offenſe
Même en ſes chanſons :
Chantons l'innocence
Dont nous jouiſſons.

On danſe.

CHŒUR de NYMPHES, derriere le théâtre.

Adonis, Adonis, pourquoi nous fuyés-vous ?

(Diane arrive.)

SCENE VII.
DIANE, LES CHŒURS.
DIANE.

ODieux ! Quel raviſſeur jaloux
Peut ici braver ma puiſſance ?
Courons, courons à la vengeance !
Volons ſur ſes pas ; armons nous.

CHŒUR de NYMPHES & de CHASSEURS.

Courons, courons à la vengeance !
Volons ſur ſes pas ; armons-nous.

*(Une partie des Nymphes & des Chœurs ſort du théâtre
pour ſuivre Adonis.)*

DIANE.

DIANE.

L'Amour a-t'il féduit fa credule innocence ?
Cruel, je reconnois tes coups :
Courons, courons à la vengeance,
Volons fur fes pas ; armons-nous.

Jupiter, prends-tu fa défenfe ?
Si tu ne punis qui m'offenfe,
Tout fe reffentira de mon jufte couroux.

La plus affreufe nuit couvrira ces rivages,
J'obfcurcirai mes feux qui brillent dans les airs.
Hécate ira dans les enfers.
Des torrents du ténare exciter les ravages.
Et je déchaînerai du fond de ces deferts
Mille monftres fauvages
Qui défoleront l'univers.

(Mercure defcend du Ciel.)

SCENE VIII.

MERCURE, DIANE, NYMPHES.

DIANE.

MErcure, venés-vous m'apprendre
Que mes pleurs ont touché les Dieux ?

MERCURE.

Oui, l'objet de tes vœux va paroître en ces lieux,
Venus consent à te le rendre,
Oses, si tu veux, le reprendre ;
Mais garde-toi de l'erreur de tes yeux,
Et crains de te laisser surprendre.

*(Venus paroît sur un nuage ayant devant elle l'Amour & Adonis
déguisé sous les mêmes traits, avec les armes & les attributs
de ce Dieu: Venus est accompagnée de toute sa suite.)*

SCENE IX.

VENUS, DIANE, MERCURE, ADONIS.
L'AMOUR, GRACES, JEUX & PLAISIRS.

*VENUS en préfentant à Diane l'Amour & Adonis,
déguifé fous les mêmes traits.*

JE céde à tes defirs par une loi fuprême.
Sous les traits de l'Amour je te rends Adonis,
    Tu le vois près de l'Amour même ;
Tu peux choifir.

DIANE.

    O Dieux ! Qu'entends-je ? Je frémis !
Adonis... repondés.... il garde le filence....
Dieux ! Si j'allois choifir l'ennemi qui m'offenfe !..
    Venus, tu l'emportes fur moi.
    Garde un ingrat que je te livre :
     Dès qu'il a pû te fuivre,
Il n'eft plus digne que de toi.
               (*Elle fort.*)

L'AMOUR.

Nous triomphons de fa colere.
Sombres forêts, trifte féjour,

                  C ij

Difparoiffés, laiffés voir à l'Amour
    Des lieux plus dignes de lui plaire.

(Le théâtre change ; on voit les Jardins d'Amathonte, ornés
de berceaux & de portiques dorés.)

SCENE X.

L'AMOUR, VENUS, ADONIS, LES GRACES.

CHŒUR DES AMOURS, DES PLAISIRS ET DES JEUX.

CHŒUR.

Chantons l'Amour & fa conquête,
Qu'il va combler d'heureux défirs !
L'Hymen en prépare la fête,
L'Amour en promet les plaifirs.

VENUS.

Votre bonheur fait ma gloire fuprême,
    Ah, quel plaifir de vous charmer !

ADONIS.

L'Amour donne un cœur pour aimer,
Et c'eft Venus qu'il faut qu'on aime.

Quel amant fut jamais épris
D'une ardéur fi pure & fi belle?

Quel doit être l'excès d'une flâme nouvelle
Dont l'Amour eſt l'auteur, dont Venus eſt le prix.

(La ſuite de Venus forme un Ballet, auquel les Graces
préſident.)

V E N U S.

Le premier trait que l'Amour lance
Eſt celui qui bleſſe le mieux.
Que ce Dieu plaît à ſa naiſſance !
L'inſtant qui détruit l'ignorance
Eſt l'inſtant le plus précieux ;
Quand on ſort de l'indifference,
Le premier trait que l'amour lance
Eſt celui qui bleſſe le mieux.

L' A M O U R à *Adonis.*

Diane que tu crois ſi fiere & ſi ſauvage,
N'a pas toujours gardé ſon cœur,
Et je veux que ces jeux te retracent l'image
Du Berger qui fut ſon vainqueur.

Des plaiſirs déguiſés executent les ordres de l'Amour ; Endimion
paroît endormi au fond du théâtre ſur un lit de gazon.
Diane deſcend dans ſon char avec un Amour à ſes pieds, elle
contemple le Berger, dont elle devient amoureuſe. Danſe de
Diane & de l'Amour qui éveille Endimion. Surpriſe, en-
chantement du Berger, action Pantomime répréſentant les
amours de Diane & d'Endimion, que la Déeſſe enleve dans ſon
char.)

C H Œ U R.

Chantons l'Amour & sa conquête.
Qu'il va combler d'heureux desirs !
L'Hymen en prépare la fête ,
L'Amour en promet les plaisirs.

(Ce Chœur est accompagné d'une Danse générale.)

FIN DE LA PREMIERE ENTRÉE.

LA LYRE
ENCHANTÉE.

SECONDE ENTRÉE.

ACTEURS.

APOLLON,	Mr Larrivée.
URANIE, *Muse*.	Mlle Chevallier.
PARTHENOPE, *l'une des Sirênes*.	Mlle Fel.
LINUS, *fils d'Apollon*.	Mr Poirrier.
TERPSICORE,	
LES MUSES,	
LES SYRENES,	
FAUNES, DRIADES ET SYLVAINS.	

La Scêne est au pied du Parnasse.

A

PERSONNAGES DANSANS.

SILVAINS & DRYADES.

M^r. LYONOIS, Mlle. LYONOIS.

M^{rs}. Rivet, Trupty, Dupré, Hus,
Mlles Fleury, Morel, Armand, Thételingre.

SYRENNES.

Mlles. Deschamps, Mopin, Pagés, Chaumart.

MUSES.

Mlles Coupée, Marquise, Chevrier, Riquet.

TERPSICORE.

Mlle. LANY.

ELÉVES DE TERPSICORE.

M^{rs}. Dubois, Leliévre, Balety, Beat.

LA LYRE
ENCHANTÉE.

Le Théâtre repréſente un Vallon champêtre, au pied du Mont-Parnaſſe, dont on voit les deux côteaux couverts de Palmiers & des Trophées qui conviennent aux Muſes & aux Arts. On voit la fontaine d'Hippocrêne qui y prend ſa ſource, & ſerpente dans le Vallon. Au ſommet du Mont, paroît le Temple de l'Immortalité.

SCENE PREMIERE.
PARTHENOPE.

CHarme de mon vainqueur, doux accens de
   ma voix,
Formés avec mes yeux un ſi tendre langage,
   Qu'il puiſſe écouter mille fois
   Et mes ſermens & mon hommage.

A ij

Imités les oiseaux qui chantent dans ces bois,
Accompagnés leur chant, secondés leur ramage ;
 Vous plairés d'avantage
 A l'Amant dont je suis les loix.

Charme de mon vainqueur, doux accens de ma voix,
Formés avec mes yeux un si tendre langage,
 Qu'il puisse écouter mille fois
 Et mes sermens & mon hommage.

Linus doit pour me voir s'échapper aujourd'hui :
Il vient, mais Uranie est encore avec lui.

(Elle se retire.)

SCENE II.
LINUS, URANIE.

URANIE.

Eleve & fils du Dieu, que le Pinde révere,
Quand ma voix vous appelle aux concerts d'A-
pollon,
 Pourquoi chercher dans ce vallon
 Et le silence & le mystere ?

LINUS.

 J'y venois rêver à l'écart.
J'ai trouvé la nature en ce séjour plus belle ;

Pour mieux vous imiter je me conduis par elle;
Et pour être digne de l'art,
J'en viens confulter le modele.

URANIE.

Prenés un vol plus glorieux;
Venés lire avec moi dans les fecrets des Dieux.

Chantés, Linus, chantés les faveurs éclatantes
Du Dieu qui brille aux yeux de l'univers,
Les Titans renverfés, & la rage mourante
Du Serpent qui fouilloit les airs.

LINUS.

Ce fublime effor m'épouvante,
C'eft l'amant d'Iffé que je chante.

URANIE.

Ce penchant aux douces erreurs
Annonce déja la tendreffe.
Gardés-vous, gardés-vous fans ceffe
Du piége des folles ardeurs.

S'il eft des Dieux que l'Amour bleffe,
C'eft un jeu dont ils font vainqueurs,
Sans qu'il en coûte à leur fageffe;

Au lieu qu'à l'humaine foibleſſe
Il coûte le repos des cœurs.

Gardés vous, gardés-vous ſans ceſſe
Du piége des folles ardeurs.

L I N U S.

On peut chanter l'Amour ſans reſſentir ſa flâme.
J'aime à peindre ſes jeux ſans éprouver ſes fers ;
  Il fait le charme de mes airs,
 Sans faire encor le tourment de mon ame.

 Je craindrai toujours ſes rigueurs.

U R A N I E.

Gardés-vous, gardés-vous ſans ceſſe
Du piége des folles ardeurs.

L I N U S.

Raſſûrés-vous, Déeſſe...

(On entend une brillante ſymphonie. Uranie ſe retire, Parthenope arrive, la Lyre à la main, ſuivie de Faunes, de Sylvains & de Driades ſes eleves, qui l'accompagnent en danſant.)

SCENE III.

PARTHENOPE, LINUS,

FAUNES, SYLVAINS & DRIADES.

PARTHENOPE.

Venés tous écouter ma Lyre.
Avec elle, écoutés mes chants.
L'Amour en forme les accens,
Et c'est le plaisir qu'elle inspire.

LES CHŒURS.

Ecoutons, écoutons sa Lyre.
L'Amour en forme les accens,
Et c'est le plaisir qu'elle inspire.

(*On danse au son de la Lyre de Parthenope ; c'est un Ballet champetre dans lequel les Faunes & les Driades qui le composent montrent plus de gaïté que de régularité dans leurs pas.*)

PARTHENOPE.

Ranimés vos sons & vos pas,
Dansés, chantés, le plaisir vous appelle ;

Les ris font briller plus d'appas.
C'eſt la gaïté qui rend la jeuneſſe éternelle.

*(Pendant le Chant de Parthenope, les Faunes & Driades continuent
leur Danſe, & répétent. Enſuite le Chœur.)*

Ecoutons, écoutons ſa Lyre.

(Linus paroît.)

SCENE IV.
LINUS, PARTHENOPE.

PARTHENOPE.

Linus, que vous tardiés à répondre à ma voix!
Ces Muſes, que je crains, ont ſur vous trop d'empire:
Je vous perdrai.

LINUS.

Non, ce n'eſt qu'à vos loix
Que Linus charmé veut ſe rendre.
Les trouverois-je ailleurs, ces charmes que je vois?
Cette voix que j'adore, où pourois-je l'entendre?

PARTHENOPE.

Ah! Si vous l'écoûtez, vous la rendrez plus tendre.

LINUS.

Les Muſes ſur mon ame ont d'inutiles droits.

Mon

Mon efprit envain fe rappelle
Les chants que les neuf Sœurs m'apprennent chaque
jour.
Mais que ma mémoire eft fidéle
Quand vous chantés l'Amour !

PARTHENOPE.

Répétons nos airs tour-à-tour.

(*Elle commence.*)

» Lorfque Vénus fortit du fein de l'onde,
» Son regard fur la terre enfanta le defir.
» L'efpoir de tous les cœurs vint bientôt fe faifir :
» Et l'Amour achevant les délices du monde,
» Donna la naiffance au plaifir.

LINUS.

» Tout rend hommage à la beauté.
» Pour éclairer fes traits, le jour fe renouvelle ;
» Pour la chanter, s'éveille Philomèle ;
» Le Ruiffeau qui fuyoit, devant elle arrêté,
» Trace fon image fidéle ;
» Des pavots du Sommeil, la douce volupté
» Rend de fon teint la fraîcheur éternelle.
» L'ordre de l'univers femble établi pour elle.
» Tout rend hommage à la beauté.

B

PARTHENOPE.

Charmant éleve que j'adore,
Si vous chantés l'Amour, qui peut y resister?
Mais occuppés-vous plus encore
A le sentir qu'à le chanter.

LINUS.

Ah! Vous m'êtes garant de ce talent suprême,
Puisque c'est vous que j'aime.

ENSEMBLE.

Aimons-nous, répétons cent fois
Le charmant aveu de nos flâmes.
Que l'accord touchant de nos voix
Egale celui de nos âmes.

PARTHENOPE.

Linus, si ton cœur est à moi,
Je veux me venger avec toi.
Les Muses condamnent sans cesse
Les Syrenes & leur amour :
Je veux qu'Uranie à son tour
En éprouve toute l'yvresse.

LINUS.

Vos efforts seroient impuissants.

PARTHENOPE.

Par un enchantement plus doux que redoutable,

(*En montrant la Lyre qu'elle tient.*)

Qui touche cette Lyre en tire des accents
Qui pénetrent les sens
D'un charme inévitable.
Uranie en ces lieux va presser son retour.
Elle y trouvera cette Lyre....
Pour mieux jouir de son martire,
Cachons-nous ; elle vient.....

(*Parthenope suspend à un arbre la Lyre enchantée, & sort
avec Linus.*)

SCENE V.

URANIE, *seule.*

C' Est ici le séjour
Où le fils d'Apollon doit bientôt reparoître.
Attendons.... Quel objet vient de frapper mes yeux!
Pourquoi cette Lyre en ces lieux ?
A l'une de mes sœurs elle appartient peut-être.
Voyons... en la touchant, amusons nos loisirs.

(*Uranie touchant cette Lyre, est étonnée du prélude qu'elle entend,
& qui lui inspire aussitôt des chants d'Amour.*)

» Douce volupté d'un cœur tendre
» Triomphés de tous les plaisirs.,..

(Uranie s'arrête avec surprise.)

Ah, Dieux! Que me fait-elle entendre!..
Mais je crains peu de m'y laisser surprendre :
Ce sont de vains accords qu'emportent les Zéphirs.

» Douce volupté d'un cœur tendre
» Triomphés de tous les plaisirs.

» L'Amour cause quelques soupirs,
» Mais le bonheur doit en dépendre.

» Douce volupté d'un cœur tendre
» Triomphés de tous les plaisirs.

Quels sons touchants ! Je devrois les suspendre...

Linus, mon cher Linus, quelle ardeur de te voir
Brûle mon ame impatiente !

Trop d'interêt pour toi commence à m'émouvoir,
Et mon amitié m'épouvante.

*(Après avoir rêvé quelque-tems, elle touche encore cette Lyre,
qui rend des sons plus gais.)*

» La fageſſe eſt de bien aimer,
» Et d'aimer toujours ſans partage.

» On eſt heureux ſi l'on peut s'enflâmer ;
» Si l'on eſt çonſtant on eſt ſage.

» La fageſſe eſt de bien aimer,
» Et d'aimer toujours ſans partage.

(Après un moment de ſilence.)

Je le ſens bien, Linus , le bonheur de mes jours
Seroit de t'adorer toujours.

(Elle s'arrête avec étonnement.)

L'adorer.... moi ? qu'ai-je dit ? je l'ignore.
Ma raiſon interdite accuſe mes diſcours ;
Et mon cœur les repete encore.

Il vient.... comment cacher le feu qui me devore ?

SCENE VI.

URANIE, LINUS.

URANIE.

Suivés, chantés le Dieu qui paroît vous charmer;
Je ne lui ferai plus contraire.
Quand mon cœur brûle de vous plaire
Puis-je vous défendre d'aimer ?

LINUS.

Ah, Déesse! Le puis-je croire ?
Non, non, ce seroit en un jour
Trop d'ambition pour ma gloire,
Trop de triomphe pour l'Amour.

Amusons-nous de la tendresse,
Qu'elle soit un jeu pour nos cœurs ;
Gardons-nous, gardons-nous sans cesse
Du piége des folles ardeurs.

URANIE.

Vous me lancés mes propres armes,
Quand je les mets aux piés de mon vainqueur.

LINUS.

Eh bien, connoissez donc mon cœur.
Commevous de l'Amour j'éprouve tous les charmes,
Dans ces lieux, loin de vous, je venois soupirer...
J'adore. ...

URANIE.

Ah! De quel trait m'allez-vous déchirer?

LINUS.

J'adore une Syrene, & je suis aimé d'elle.
Parthenope.....

URANIE.

Quel nom! Quelle honte mortelle!

LINUS.

Apollon lui-même en ce jour
Va couronner notre espérance.

(*Un prélude annonce l'arrivée d'Apollon.*)

Mais ce brillant concert annonce ici sa cour,
Et je vois le Dieu qui s'avance.

U R A N I E.

Comment éviter sa préfence.

Le Parnaffe s'éclaire : Apollon defcend d'un côté de la Montagne,
fuivi des Mufes , Terpficore arrive enfuite , fuivie de fes éleves ;
les Faunes & Driades qui ont formé le premier Divertiffement
accourent à ce Spectacle.

SCENE VII.

APOLLON, URANIE, LES MUSES, PARTHENOPE, LINUS, LES SYRENES, FAUNES & DRIADES.

APOLLON à Uranie.

Mufe , rougiffés moins d'un piege de l'Amour ;
Ce Dieu pour vous foumettre enchanta cette Lyre :
　　　Sortés de ce délire ,
Et de votre raifon célébrés le retour.

(Apollon donne fa Lyre à Uranie , à la place de celle qu'elle
avoit , & l'enchantement finit.)

Accourés , Mufes & Syrenes ,
Venés feconder mes défirs.

Que

Que vos talens unis forment les douces chaînes
Qui menent aux plaisirs.

(La réunion des Muses & des Syrenes se forme par un Ballet.)

PARTHENOPE.

Vole, Amour, prête-moi tes armes ;
Que le cœur de Linus s'enflâme chaque jour.
Que ne puis-je augmenter mes charmes
Pour ajouter à son Amour.

CHŒUR.

Enseignés-nous vos jeux, brillante Terpsicore,
Que nos voix, que nos chants accompagnent vos
pas.
Rendés-les plus legers encore ;
L'Amour vous suit, il vole & ne vous quitte pas.

(Terpsicore arrive : les leçons qu'elle donne aux Sylvains rendent leur Danse plus réguliere ; ils se mêlent aux Muses & aux Syrenes.)

PARTHENOPE, aux Muses.

Souffrés les Amours sur vos traces,
Muses, souvenés-vous toujours
Que l'esprit est sans les amours
Ce qu'est la beauté sans les graces.

C

C’eſt à l’Amour qu’il faut céder ;
Quel autre charme nous arrête ?
L’eſprit peut faire une conquête ;
Mais c’eſt au cœur à la garder.

*(Ballet des Muſes, des Syrenes, des Driades, des Sylvains,
ayant Terpſicore a leur tête.)*

FIN DE LA SECONDE ENTRÉE.

ANACRÉON.

TROISIÉME ENTRÉE.

ACTEURS.

L'AMOUR, Mlle. Lemiére.

ANACRÉON, M^r. Gélin.

LA PRÉTRESSE de BACCHUS, Mlle. Davaux.

LYCORIS, *Personnage Dansant.*

AGATHOCLE,} *Amis d'Anacréon.* {M^r. Poirier.
EURICLÉS,} {M^r. Muguet.

TROUPE DE FEMMES INSPIRÉES, *représentant les* MÉNADES.

CONVIVES. {M^r. Poussint.
{M^r. Robin.

ESCLAVES.

LES GRACES.

AMOURS, RIS & JEUX.

La Scêne est à Théos, dans la Maison d'Anacréon.

PERSONNAGES DANSANS·

LYCORIS.

Mlle. PUVIGNÉ.

ESCLAVES D'ANACRÉON.

Mrs. Galodier, Hamoche, Feuillade, Veſtris ç.

Mlles Deſchamps, Mopin, Pagés, Chomard.

GRACES.

Mlles. MARQUISE, COUPÉE, CHEVRIER.

EGYPANS ET MÉNADES.

Mr. LANY. Mlle. LYONOIS.

Mr. LAVAL.

Mrs. Rivet, Hus, Dupré, Trupty.

Mlles. Riquet, Dumirey, Morel, Fleury.

JEUX & PLAISIRS.

Mrs. Dubois, Lelievre, Beat, Balety.

ANACRÉON.

Le Théâtre repréſente l'appartement d'Anacréon orné pour une fête, on y voit les ſtatues de l'Amour & de Bacchus. Trois arcades ouvertes laiſſent voir un ſalon d'architecture grecque, avec des buffets garnis de vaſes, &c. Anacréon paroît à table au milieu de ce ſalon avec pluſieurs convives, environnés de jeunes Eſclaves qui leur verſent à boire, qui les couronnent de fleurs & qui danſent entour d'eux. Lycoris, maîtreſſe d'Anacréon, eſt toujours à leur tête.

SCENE PREMIERE.

ANACRÉON, [LYCORIS *perſonnage danſant.*]
AGATHOCLE, EURICLES, Convives.
Esclaves, *jeunes* Grecques.
ANACRÉON, AGATHOCLE, EURICLES.

Regne, ô divin Bacchus! Enflâme nos eſprits :
 Que le tranſport de ton yvreſſe
 A chaque inſtant renaiſſe
 Avec la tendreſſe & les ris.

A

6   **ANACRÉON.**

Regne, ô divin Bacchus! Enflâme nos efprits.

A N A C R É O N.

Le vol du tems qui nous preffe,
Nous fait mieux fentir le prix
De l'inftant fortuné que le Deftin nous laiffe.

ANACRÉON & les Convives.

Regne, ô divin Bacchus! Enflâme nos efprits.

A N A C R É O N, s'adreffant à Lycoris dans le tems
qu'elle danfe autour de lui & qu'elle lui verfe à boire.

Nouvelle Hebé, charmante Lycoris,
Vole, repands fur nous les fleurs de ta jeuneffe;
Par tes dons, par tes yeux rends nos cœurs plus
épris.
Verfe nous le nectar, fais-le couler fans ceffe.
Charmante Lycoris,
Sois dans ce temple heureux, l'adorable Prêtreffe,
De tous les Dieux que je chéris.

C H Œ U R.

Regne, ô divin Bacchus! Enflâme nos efprits.

A N A C R É O N, à Lycoris.

Que l'amante d'Alcide au féjour du tonnerre
Soit jaloufe de tes bienfaits,

Et

Et vienne sur la terre
Voir les Dieux que tu fais.

(Ici la Danse de Lycoris devient plus vive , & rend plus gais
les chants d'Anacréon.)

Point de tristesse :
Passons nos jours
Dans les amours
Et dans l'yvresse.
Buvons sans cesse,
Aimons toujours.

Le vin , la tendresse,
Convive , maîtresse
M'invite à jouir.
Tout plaisir m'enchante,
Je bois, ris & chante ;
Toujours dans l'attente
D'un nouveau plaisir.

(Ces chants sont interrompus par une bruyante simphonie. La
Prêtresse de Bacchus paroît suivie d'une troupe de femmes
inspirées , représentant les Ménades, portant des thirses &
des flambeaux.)

S C E N E II.

ANACRÉON, la PRÉTRESSE de BACCHUS,
Femmes repréſentant les MENADES *, & les Aĉteurs
de la ſcêne précédente.*

A N A C R É O N.

Q Uel bruit ? Qu'elle clarté vient ici ſe répan-
  dre !
Prêtreſſe, où courés-vous ? Quels tranſports furieux ?

C H Œ U R de M É N A D E S *, ſuivi de leur
danſes tumultueuſe.*

Détruiſons un culte odieux.

L A P R É T R E S S E *, à* ANACRÉON.

Favori de Bacchus, oſes-tu faire entendre
    Les chants qui profanent ces lieux ?

C H Œ U R des M É N A D E S.

Détruiſons un culte odieux.

L A P R É T R E S S E.

Renverſons cet autel.

*ANACRÉON, se levant pour s'opposer à
leur fureur.*

Ah , laissés-moi défendre
Le plus charmant des Dieux !

LA PRÊTRESSE, en l'arrêtant.

Cesse ton criminel hommage ;
Chasse l'Amour
De ce séjour.
Avec Bacchus point de partage :
C'est un outrage.

ANACRÉON.

Eh , pourquoi les séparer ?
Quand la volupté les rassemble.

LA PRESTRESSE.

L'Amour nous feroit soupirer.

ANACRÉON.

A la table des Dieux on les adore ensemble.
Eh , pourquoi les séparer ?

*(On voit ici dans un Ballet figuré un combat entre les suivans
d'Anacreon & ceux de la Prêtresse. Lycoris qu'on veut arracher
de ce lieu , paroît toujours au milieu de la Danse , poursuivie
par une Menade. La Symphonie exprime la fureur des uns
& les gémissemens des autres. Les Bacchantes ont enfin le
dessus : Lycoris disparoît , & l'on brise la statue de l'Amour.)*

LE CHŒUR.

Bacchus remporte la victoire.
Ne suivons que Bacchus ; ne chantons que sa gloire.

(La Prêtresse & sa Suite se retirent.)

SCENE III.

ANACRÉON, AGATHOCLE, EURICLÉS,
& les autres CONVIVES, le CHŒUR.

ANACRÉON.

Non, je ne puis souffrir cette injuste rigueur !
Bacchus, par quelle violence
Veux-tu chasser l'Amour qui regne dans mon cœur?
Si je brûle de plus d'ardeur,
C'est par l'effet de ta puissance.

Eloignés - vous Plaisirs ; sortés de ce séjour :
Je renonce à Bacchus, s'il en coûte à l'Amour.

(A cet ordre d'Anacréon, les Convives & le Chœur se
retirent, & les rideaux tombent.)

ANACRÉON, seul.

J'aime à voir ce lieu plus paisible ;
Et déja le sommeil vient calmer mes esprits;
Cédons à ce charme invincible......

*(En cet endroit Anacréon s'approche de son lit, & en
s'asseyant dessus, dit :)*

Mes yeux en se fermant auroient vu Lycoris !

SCENE IV.

ANACRÉON, L'AMOUR.

(La plus douce Symphonie accompagne le sommeil d'Anacréon.
Il est intérompu par le bruit du Tonnerre, & l'on entend un
Orage terrible.)

ANACRÉON, sur son lit.

Qui m'éveille? J'entends le tonnerre qui gronde.
Quels siflemens! Quel bruit! Eole est déchaîné :
     Bacchus, que ne m'as-tu donné
     Ton yvresse profonde !
     Envain Jupiter eût tonné.

L'AMOUR, derriere le Théâtre.

   Quelle nuit ! O ciel, quel orage !

ANACRÉON.

Quels sons plaintifs !

L'AMOUR.

       Hélas! Je vais périr.

ANACRÉON.

C'est la voix d'un enfant.

L'AMOUR.

     Dieux, quel affreux ravage !

ANACRÉON.

La tempête redouble ; allons le secourir.

(Il se léve pour ouvrir à l'Amour , qui paroît en habit d'Esclave ,
& dans un grand désordre.)

Que vois-je ? De pitié mon âme est attendrie.
Jeune infortuné, quel malheur
Expose votre vie ?
Parlez.

L' A M O U R.

Je suis encor tout glacé de frayeur.

A N A C R É O N.

Où vîtes-vous le jour ?

L' A M O U R.

Cythere est ma patrie.

A N A C R É O N.

A quel maître êtes-vous ?

L' A M O U R.

Je servois Lycoris ;
J'étois son esclave fidele.
Un ingrat, qu'elle aimoit, la quitte avec mépris.
Le courroux s'est emparé d'elle ;
J'ai moi-même éprouvé ses transports furieux ;

J'ai fui sa difgrace cruelle ;
Et mes pas égarés m'ont conduit en ces lieux.

ANACRÉON.

Quoi ! Lycoris brûloit d'une ardeur auffi tendre ?

L' AMOUR.

Si l'ingrat avoit pu l'entendre !
S'il eut vu fon funefte fort !
Mais fonge-t-il à fon Amante ?
Dans les bras de l'Amour, Lycoris eft mourante ;
Et dans ceux de Bacchus le parjure s'endort.

ANACRÉON.

Quel eft donc cet amant coupable ?

L' AMOUR.

Ah , de tous les mortels il fut le plus aimable.

Avant ce jour
C'étoit l'Amour
Qui tenoit chez lui fon empire.
Les Graces montoient fa lyre ;
Les Jeux venoient à l'entour
Danfer , folâtrer & rire.

Aujourd'hui la fureur, d'un bachique délire
Les a bannis de ce féjour.

ANACRÉON.

A N A C R É O N.

Le déclin de l'âge
Peut-être l'engage
A quitter leur Cour.
On fuit avec moins de peine
Un vieillard comme Sylêne
Qu'un enfant comme l'Amour.

L' A M O U R.

L'infidele fur fes traces
Guideroit encor les Graces,
Et je fais que Lycoris
De l'Amant qui l'abandone
N'auroit pas donné l'automne
Pour le printems d'Adonis.

A N A C R É O N.

Quel plaifir je goûte à l'entendre !
Mais que mon cœur éprouve un rigoureux tourment !

L' A M O U R.

Vous foûpirés !

A N A C R É O N.

Je ne puis m'en défendre.
Je fuis ce criminel Amant.

C

L'AMOUR, avec vivacité.

Qu'entens-je! Lycoris, peut-être, vit encore:
    Hâtés-vous: ah! Rendés le jour
    A l'Amante qui vous adore.
Par la voix de l'Amour, la pitié vous implore.

ANACRÉON, le considérant attentivement.

    Mais vous, que j'observe à mon tour,
Enfant mystérieux, que je cherche à connoître . . . .
    Esclave.... Ah!..Vous êtes mon Maître:
    Et je suis aux piés de l'Amour.

      (*Il s'y jette, & dit avec transport.*)

Rendés-moi Lycoris; je quitte tout pour elle.
L'AMOUR.

    Volés, Amours; venés troupe immortelle:
      Rendés à ses desirs
      Une Amante fidele.
Annoncés ma victoire, & chantés mes plaisirs.

*(Les rideaux se lévent. Le fond du Théâtre reparoît. Une troupe
de Jeux, de Ris & d'Amours entre gaïment sur le Théâtre. Les
Graces ramenent Lycoris, que l'Amour présente à Anacréon.)*

SCENE V.

L'AMOUR, ANACRÉON, LYCORIS, les GRACES, PLAISIRS, RIS & JEUX, &c.

ANACRÉON, entre L'AMOUR & LYCORIS.

SAns Vénus & sans ses flâmes
Tous nos beaux jours sont perdus :
Les vrais plaisirs ne son dûs
Qu'à l'yvresse de nos ames.

Si le Dieu, rival des Amours,
Si Bacchus condamnoit l'ardeur qui me dévore,
En montrant Lycoris, je lui dirois encore,
Je lui dirois toujours :

Sans Vénus & sans ses flâmes
Tous nos beaux jours sont perdus :
Les vrais plaisirs ne sont dûs
Qu'à l'yvresse de nos ames.

C ij

Si je partage mon choix,
Si je bois,
Amour n'en prends point d'ombrage :
Ce breuvage
Donne plus de force à ma voix,
Pour chanter mille fois :

Sans Vénus & sans ses flâmes
Tous nos beaux jours sont perdus :
Les vrais plaisirs ne sont dûs
Qu'à l'yvresse de nos ames.

*(Les Chœurs chantent alternativement avec Anacréon ce rondeau.
Lycoris en dansant, rend grace à l'Amour & à Anacréon. Un
prélude annonce le retour dès Ménades.)*

SCENE VI.

LA PRÉTRESSE de BACCHUS, MÉNADES, ÉGIPANS, & les ACTEURS de la Scêne précédente.

CHŒUR de MÉNADES, qu'on entend d'abord derrière le Théâtre.

LE chant d'Anacréon, dans ces lieux, nous ra-
pelle :
Des autels de l'Amour, allons voir les débris.

LA PRÉTRESSE surprise de voir cette Fête galante, & de retrouver ANACRÉON entre LYCORIS & L'AMOUR.

Quoi, toujours Lycoris !

ANACRÉON.

Et toujours l'Amour avec elle.

L'AMOUR, dont la présence en impose à la PRÉTRESSE, & à sa suite.

L'Amour est le Dieu de la paix :
Régne avec lui Bacchus , partage ses conquêtes.
Il lance par tes mains de plus rapides traits ;

Vien, triomphe, embellis nos Fêtes,
  Mais ne les trouble jamais.

*(Les Suivans de Bacchus vont au pied de la Statue de l'Amour, qui
est rétablie, porter leurs Tyrses & leurs Couronnes. La Suite de
l'Amour va de son côté orner de Myrthes & de Fleurs la Statue
de Bacchus. Les Chœurs de Danse se mêlent. Lycoris préside à
la fête.)*

LES CHŒURS.

Quel bonheur pour nous! Quelle gloire!
Tout s'unit pour nous enflâmer.
Bacchus ne deffend pas d'aimer;
Et l'Amour nous permet de boire.

*(Ce Chœur & la Contre-Danse qui le suit, sont accompagnés du
bruit des Systres & autres Instrumens Bachiques.)*

F I N.

A P P R O B A T I O N.

J'Ai lû par ordre de Monseigneur le Chancelier *les Surprises de l'Amour*,
Balet Héroïque, en trois Actes; je n'y ai rien trouvé qui ne doive
en favoriser l'impression. A Paris, ce 5 Mai 1757.

DE MONCRIF.

PRIVILEGE DU ROY.

LOUIS par la grace de Dieu, Roy de France & de Navarre : A nos amés & féaux Conseillers, les Gens tenans nos Cours de Parlemens, Maîtres des Requêtes ordinaires de nôtre Hôtel, Grand Conseil, Prevôt de Paris, Baillifs, Sénéchaux, leurs Lieutenans Civils, & autres nos Justiciers qu'il appartiendra, Salut. Nôtre très-cher & bien amé le Sieur LOUIS-ARMAND EUGENE DE THURET, cy-devant Capitaine au Regiment de Picardie; Nous a fait représenter que, par Arrest de nôtre Conseil du 30 May 1733. Nous avons revoqué le Privilege qui avoit été accordé au Sieur le Comte & ses Associez, pour raison de l'Academie Royale de Musique, ses circonstances & dépendances, & rétabli ledit Privilege en faveur dudit Sieur Exposant, pour en joüir par lui, ses Associez, Cessionnaires & ayans-cause, aux charges & conditions portées par ledit Arrest, pendant le temps & espace de vingt-neuf années, à compter du premier Avril de ladite année 1733 & que pour l'Exploitation dudit Privilege, ledit Sieur Exposant se trouve obligé de faire imprimer & graver les Paroles & la Musique des Opera qui doivent être représentés; mais que pour cet effet il a besoin de notre Permission & des Lettres qu'il Nous a très-humblement fait supplier de lui accorder. A CES CAUSES, voulant favorablement traiter ledit Exposant : Nous lui avons permi & permettons par ces Presentes, de faire imprimer & graver *les Paroles & Musique des Opera, Ballets & Fêtes qui ont été ou qui seront representés par l'Academie Royale de Musique, tant séparément que conjointement*, en tels Volumes, forme, marge, caractere, & autant de fois que bon lui semblera, & de les faire vendre & debiter partout notre Royaume ; pendant le temps de vingt-neuf années consecutives à compter du jour de la datte desdites Présentes. Faisons défenses à toutes personnes de quelque qualité & condition qu'elles soient d'en introduire d'Impression ou Gravures Etrangere dans aucun lieu de notre obéïssance : Comme aussi à tous Imprimeurs, Libraires, Graveurs, Imprimeurs Marchands en Taille-Douce, & autres de graver, ni faire graver d'imprimer, ou faire imprimer, vendre, faire vendre, débiter ni contrefaire lesdites Impressions, Planches & Figures de Paroles, de Musique des Opera, Ballets & Fêtes, qui ont été ou qui seront repretentez par ladite Academie Royale de Musique, tant séparément que conjointement en tout ni en partie, sans la permission expresse & par écrit dudit Sieur Exposant, ou de ceux qui auront droit de lui ; à peine de confiscation tant des Planches & figures que des Exemplaires contrefaits, & des Ustanciles qui auront servi à ladite contrefaction, que Nous entendons être saisis en quelque lieu qu'ils soient trouvez, de dix mille livres d'amende contre chacun des Contrevenans, dont un tiers à Nous, un tiers à l'Hôtel-Dieu de Paris, l'autre tiers audit Sieur Exposant, & de tous dépens, dommages & intérests, à la charge que ces Présentes seront enregistrées tout au long sur le Registre de la Communauté des Libraires & Imprimeurs de Paris, dans trois mois de la datte d'icelles : que la Gravure & Impression desdites Paroles & Opera sera faite dans notre Royaume & non ailleurs, en bon papier & beaux caracteres, conformément aux Reglement de la Librairie, & notamment à celui du dix Avril 1725. & qu'avant de l'exposer en vente les Manuscrits gravés ou imprimés seront remis dans le même état où l'Approbation y aura été donnée ès mains de notre très-cher & féal Chevalier Garde des Sceaux de France, le Sr Chauvelin ; qu'il en sera remis deux Exemplaires de chacun dans notre Bibliotheque publique un dans celle de notre Château du Louvre, & un dans celle de notre très-cher & féal Chevalier Garde des Sceaux de France le Sr Chauvelin. Le tout à peine de nullité des Présentes ; Du contenu desquelles Vous mandons & enjoignons de faire jouir ledit Sieur Exposant, ou ses Ayants-cause, pleinement & paisiblement sans souffrir qu'il leur soit fait aucun trouble ou empêchement. Voulons que la Copie desdites Présentes, qui sera imprimée tout au long au commencement ou à la fin dudit Ouvrage, soit tenue pour dûement signifiée; & comme copies collattonnées par l'un de nos amés & feaux Conseillers & Secretaires, foy soit ajoûtée comme à l'Original Commandons au premier notre Huissier ou Sergent, de faire toute exécution d'icelles tous Actes requis & necessaires, sans demander autre permission : & nonobstant Clameur de Haro, Chartre Normande & Lettres à ce contraires. CAR tel est nôtre plaisir. DONNE' à Fontainebleau, le douziéme jour du mois de Novembre, l'An de Grace mil sept cent trente-quatre, & de notre Regne le vingtiéme *Et plus bas,* Par le Roy en son Conseil. *Signé* SAINSON, avec paraphe.

Registré sur le Registre VIII. de la Chambre Royale des Libraires & Imprimeurs de Paris, N. 797. fol. 779. conformément aux anciens Réglemens, confirmés par celui du 28 Février 1723. A Paris le 23 Novembre 1734.

G. MARTIN, *Syndic*

www.ingramcontent.com/pod-product-compliance
Lightning Source LLC
LaVergne TN
LVHW022321170726
843503LV00006B/2630